AF331733

48
Lb 1536.

DE L'ESPRIT
DÉSORGANISATEUR,
OU
DES MINISTRES;

PAR UN AMI DE SON PAYS, PAR UN FRANÇAIS.

VIVE DIEU, Messieurs, nous avons une façon
d'aimer le Roi bien différente.

SULLY.

PALAIS ROYAL,

CHEZ LES MARCHANDS DE NOUVEAUTÉS;

ET

CHEZ VIGOR RENAUDIERE, Imprimeur-Libraire,
Marché-Neuf, n°. 48.

PARIS,
MARS 1820.

Depuis plus de trois mois, cette feuille devait paraître ; l'auteur en retardait toujours l'impression, parce qu'il espérait que les écrivains mercénaires, qui veulent diriger l'esprit public, montreraient plus de modération ; mais comme ils continuent d'être exagérés, il regarde comme un devoir de leur faire connaître son opinion à leur égard ; il désire qu'elle soit partagée par tous les hommes modérés qui aiment leur pays.

DE L'ESPRIT DÉSORGANISATEUR,

ou

DES MINISTRES.

Je vais lever le voile qui cache un esprit désorganisateur. Les membres qui ont cet esprit ne sont pas toujours d'accord entre eux ; ils ont des opinions différentes ; mais ils se réunissent pour attaquer le ministère, avec l'espérance, s'il vient à tomber, de le voir remplacer par des hommes qui leur seront dévoués.

Le changement fréquent dans le ministère annonce la faiblesse du chef du gouvernement, et lui fait perdre la considération qu'il doit avoir et conserver auprès des peuples.

Depuis l'avénement de Louis XVI au trône, on a vu un esprit désorganisateur s'attacher toujours aux ministres.

C'est cet esprit désorganisateur qui, depuis

1 *

1774 jusqu'en 1789, a fait succéder au seul mi-
tère des finances MM. l'abbé Terrey, Turgot,
Clugny, Tabourreau, Necker, Joly de Fleury,
d'Ormesson, de Calonne, de Fourqueux,
Lambert, l'Archevêque de Sens ; enfin on vit
reparaître M. Necker en 1789.

Voilà ce qui se passait avant la révolution.

Depuis, ce même esprit désorganisateur, au
lieu d'être à la Cour, s'est jeté dans les Assemblées Nationale, Constituante, Législative ; il
y a amené la Convention ; il est descendu dans
les assemblées populaires, qui ont aussi dé-
noncé les ministres.

Cet esprit désorganisateur s'occupe plus d'exer-
cer sa force que d'en calculer les conséquences ;
c'est un enfant qui ne sait pas faire le joujou
qu'il a entre les mains, mais qui exerce sa force
en le brisant.

On l'a appelé pendant long-temps intrigue
de cour ; on l'a appelé patriote, girondin,
jacobin, maratiste, babouviste. Il endosse quelquefois le manteau de la popularité ; puis il
se dit libéral ou monarchique, le mot ne fait
rien, et c'est toujours en voulant désorganiser
qu'il prétend organiser.

Cet esprit propose-t-il sous une certaine couleur un système d'administration, il commence

par dire que ceux qui le combatront sont les ennemis de la prérogative royale , qu'ils en veulent à la légitimité. Ce mot est leur égide , et ils croient cacher leur fausse doctrine sous ce talisman , et le ministère est accusé par lui , parce que sa marche est différente du système indiqué.

Propose-t-il sous une couleur differente des vues administratives, il dit que si le ministère ne les adopte pas, il tend à la féodalité, et que la france va tomber sous des formes anciennes et qui doivent être proscrites.

Ainsi le ministère est toujours attaqué.

L'esprit désorganisateur parle-t-il de religion, il se plaint qu'elle est relâchée , impute les écarts de quelques hommes à la tolérance du ministère , et dans des discussions religieuses, cherche à faire renaître ces sanglantes disputes théologiques qui sont oubliées depuis long-temps.

Le foliculaire qui , en sortant de la messe ou du prêche , entre dans son cabinet et fait couler de sa plume le venin de la calomnie ou seulement de la médisance , pour le répandre le lendemain, n'est il pas plus méprisable que l'artisan qui travaille, ou le cultivateur qui laboure son champ le dimanche ?

A-t-il de la religion, celui qui écrit sans cesse contre le gouvernement de son pays, et qui en fait partie ; qui annonce la destruction totale de l'ordre social, tandis que tout est tranquille, que les lois ont de la vigueur, et que les impôts se perçoivent avec facilité ?

A-t-il la charité que commande la religion, celui qui fouille dans les archives révolutionnaires pour présenter à ses lecteurs de hideux tableaux, au lieu de ne rappeler que des traits de vertu qui puissent servir d'exemple ? Qu'il ne croie pas que tous ces lecteurs approuvent les égaremens de son esprit ; plusieurs veulent savoir jusqu'où la méchanceté et l'esprit désorganisateur peuvent porter le cœur à s'égarer.

Pendant quelque temps on a vu au ministère MM. de Montmorin, Duport-du-Tertre, Tarbé, Cahier de Jerville, Thevenard, Duportail, etc. ; tous ces hommes avaient été appelés par leurs talens et leur probité au ministère, et il paraissait que le suffrage du peuple les y accompagnait ; mais quand ces hommes voulurent défendre le trône contre l'esprit désorganisateur, cet esprit tourna contre eux, les dénonça, chercha à entraver leurs opérations, leur donna tant de dégoûts, qu'ils furent contraints d'abandonner le poste auquel ils avaient été appelés par la voix publique.

Beaucoup de personnes qui n'étaient pas contre le ministère, au lieu de le soutenir, restèrent dans une sorte de neutralité pendant cette lutte, espérant peut-être, par ce moyen, arriver à une élévation qu'ils n'auraient pas pû obtenir dans un temps calme ; mais elles furent déçues dans leurs espérances.

Cet esprit désorganisateur cherche à opposer ministre à ministre, en supposant qu'il y a une lutte entre le ministère, et que les ministres doivent se méfier les uns des autres. Cet esprit veut faire croire que le ministère est sans cesse agité, et que le choc doit le démembrer.

Lisez les écrits de ceux qui ont cet esprit désorganisateur. Ils annoncent que tout tend à un bouleversement, que les ministres sont sans prévoyance, que si vous voyez le calme, il ne peut durer. Ils répètent cela depuis plusieurs années, et tout marche ; et si quelques foliculaires s'agitent, le gouvernement le sait, mais ne s'en inquiète pas.

Cette tactique du parti désorganisateur est suivie depuis longues années, et quelle que soit la qualité des hommes qui sans cesse composent des diatribes contre le ministère, sans poser des faits qui démontrent qu'ils administrent contre la Charte et contre la prérogative royale , on peut dire avec raison , ces hommes ont l'esprit désorganisateur.

Lorsqu'une loi est consentie par les trois pouvoirs , continuer à écrire qu'elle est mauvaise, c'est porter les citoyens à la désobéissance, par conséquent à la révolte envers le Roi , qui doit la faire exécuter. Si ces écrivains se disent libéral ou monarchique , on voit où tendent leurs écrits.

Mais , diront-ils, on ne pourra donc pas faire sentir les défauts d'une loi ?

Je suis loin de penser qu'on ne puisse pas écrire contre une loi ; mais il faut le faire avec décence , montrer les articles défectueux de cette loi, en proposer d'autres. Êtes-vous de la chambre des Députés ? vous avez la tribune. Êtes-vous Pair de France ? la même lice vous est ouverte. Êtes-vous préfet , juge ? faites en sentir les inconveniens au ministre dans un mémoire, et appuyez-le de faits biens reconnus et avérés.

Qu'espèrent ces hommes qui écrivent des diatribes virulentes contre le ministère ? que le Roi renverra le ministre qu'ils attaquent

avec acharnement; mais si Sa Majesté ne satis-
fait pas leurs vœux, parce qu'elle ne croit pas
les motifs présentés suffisans , que veulent-ils ?

Je vais vous dire leur secrète pensée.

Ils veulent mettre le peuple de leur côté, et
que l'esprit désorganisateur fasse sortir de place
le ministre de gré ou de force.

Eh ! quels sont donc ceux qui veulent que le
peuple exerce encore sa puissance ? croient-ils
que le peuple s'arrêtera juste où ils le voudront ?
comment oser dire qu'ils veulent être les sou-
tiens du trône, quand ils veulent ôter au
monarque ses prérogatives. Ils ne peuvent plus
avoir de doute sur les intentions de Sa Majesté.
Je vais rappeler ses paroles au maire de Dijon ,
dans une audience particulière.

Le Roi a dit :

« On vous a trompé; je sais tout ce qui se
» passe ; mon gouvernement, *c'est moi ;* rien
» ne se fait que par mes ordres et d'après ma
» volonté. Je ne suis pas le Roi de deux peu-
» ples, je ne le suis que d'un. Je veux que l'on
» oublie ce qui s'est passé et que l'on se réu-
» nisse ; le système de mon gouvernement n'est
» pas celui de mes ministres, c'est le mien ;
» ils ne font que l'exécuter sous mes ordres et

» sous ma direction. ». (A quoi le maire répli-
qua) :

« Votre Majesté me permet-elle de rapporter
» à mes concitoyens ce qu'elle a daigné me
» dire ? »

« — Je vous le permets, et même je vous l'or-
» donne ; dites-leur bien que je veux union et
» oubli. »

Que ceux qui écrivent sans cesse contre les
ministres et contre les ordonnances du Roi, se
jugent d'après les paroles de Sa Majesté; ils
verront qu'ils sont les perturbateurs du repos
public, et sont poussés par l'esprit désorganisateur. Ils sont regardés par les gens honnêtes et
qui aiment leur pays, comme les successeurs des
écrivains de 1792 et 1793. Cela est si vrai, que
les gens qui sont mus par le même esprit, disent :
Avez-vous lu tel numéro ? il est bon aujourd'hui :
c'est ce qu'on disait autrefois du *Père Duchêne*
et de *l'Ami du Peuple*. Cela voulait dire : il dit
bien du mal des ministres et des gens en place.
Les écrivains désorganisateurs croient que lorsqu'ils ont dans leurs pamphlets invectivé les
ministres, et que personne n'a relevé le gant,
ils doivent dans un article suivant s'en faire une
autorité. Alors ceux qui les lisent croient à la
vérité des déclamations, puisque les ministres

gardent le silence : les uns trompent, les autres sont trompés.

Les ministres ne doivent répondre que lorsqu'ils sont dénoncés dans les formes voulues par la loi, sans cela ils perdraient un temps considérable à répondre à de petites tracasseries. Le ministère, lorsqu'il s'est tracé une ligne, doit la suivre sans s'embarrasser de ces guêpes littéraires qui veulent le piquer ; c'est un homme qui passe sur une planche au-dessous de laquelle est un précipice, il doit aller droit son chemin, la récompense l'attend à la fin.

Il y a des hommes qui blâment tout ce que proposent les ministres, parce qu'ils n'administrent pas d'après leur système. Ils disent que le ministère a perdu la confiance de la nation ; ils veulent faire croire qu'eux et leur cotterie forment l'opinion publique ; mais les gens sages et modérés sont toujours en garde contre cet esprit désorganisateur, de quel côté qu'il souffle.

Des écrivains veulent persuader que le ministère veut un renversement général dans le gouvernement. Comment cela se peut-il ? que seront de plus les ministres dans un changement de gouvernement ? Ils ne peuvent qu'y perdre ; par conséquent leur intérêt repousse l'idée qu'on leur suppose.

Qu'ils sont méprisables ces hommes qui vendent le fiel qu'ils font couler de leur plume pour soulever la nation contre le gouvernement du Roi, et qui cherchent à jeter la discorde entre le ministère, en supposant que parce qu'il est quelquefois divisé d'opinion sur un objet, il ne peut pas se rapprocher et s'entendre pour administrer dans le même sens.

Il est nécessaire au bien public que dans le ministère il y ait discussion sur les projets de lois, cela tend à les améliorer ; mais discussion ne veut pas dire dissention, et c'est pourtant ainsi que l'esprit désorganisateur présente le ministère.

Les injures qu'un foliculaire vend contre le ministère ou un ministre, ne sont souvent dictées que par la basse jalousie d'un esprit désorganisateur, qui voudrait voir appésantir sur le peuple un sceptre de plomb qu'il ferait manœuvrer à son gré.

J'ai promis la vérité, et je vais la dire. Les foliculaires cherchent à tromper les princes et le peuple : oui, je le répète, les princes, sur la situation véritable des esprits en France. L'esprit désorganisateur les soutient, et si l'on déchire le voile qui couvre leurs honteux projets, ils ont l'impudeur de dire que celui qui a ce caractère hardi, n'est pas pour la légitimité, qu'il n'est pas royaliste. C'est la massue avec laquelle ils croient accabler leurs adversaires; mais cet arme n'est qu'une massue de mélodrame.

Ces esprits désorganisateurs sont perfides dans les rapports qu'ils font des écrits qui ne leur conviennent pas : ils interprètent, les mots dans un sens différent qu'ils sont présentés, quand cela sert à leur attaque ou à leur défense. Ils disent qu'ils se servent du flambeau de la vérité, pour en imposer au peuple : mais que ceux qui se croient éclairés par ce flambeau l'examinent, ils reconnaîtront que l'esprit désorganisateur l'a changé contre le flambeau des Euménides.

Vils flatteurs de l'esprit désorganisateur, que sans cesse vous masquez du titre d'amis de votre pays , qu'on examine vos écrits , et l'on verra qu'ils censurent amèrement des ordonnances royales, qu'ils provoquent à la désobéissance aux lois qui vous déplaisent, consenties par les trois pouvoirs.

Je le demande à tout être impartial, que feraient de plus les ennemis du trône, que fesaient de plus les énergumènes de 1792 et 1793.

Comme en France, Londres à son esprit désorganisateur. Dans le séjour qu'a fait S. M. en

Angleterre, elle a vu cet esprit s'agiter dans les feuilles publiques comme elle le voit en France, et les déclamations contre le ministère, sans faits positifs, n'ébranlent point le système qu'il s'est fait de ne changer de ministre que lorsqu'il le jugera convenable, et non par le caprice des partis qui se heurtent, et qui veulent substituer leurs idées à celles qu'elle s'est formée de son gouvernement. Les foliculaires peuvent tromper les princes, parce qu'ils ne connaissent pas les détails de l'administration ; mais jamais le Roi, qui se fait rendre compte de son gouvernement, et qui fait discuter devant lui les projets de lois.

Le peuple, parce qu'il est jaloux du pouvoir.

Les Princes n'ont pas de plus cruels ennemis que ceux qui leur rappellent sans cesse les excès de la révolution. Ces hommes veulent que les Princes voient dans la plupart des Français des ennemis du trône et de la dynastie : loin d'approuver l'oubli que demande la religion, l'oubli prescrit par la Charte, art. II, ainsi conçu :

« Toutes recherches des opinions et votes » émis jusqu'à la restauration sont interdites. Le » même oubli est commandé aux tribunaux et » aux citoyens ». Ils rappellent de douloureux souvenirs, et pour les princes, et pour la nation française. Ils feignent de s'apitoyer sur des événemens qui sont loin de nous, pour avoir occasion de les représenter à nos yeux avec toutes les hideuses circonstances.

Un prince qui n'éprouve jamais de contradiction de la part de ceux qui l'entourent et vivent habituellement avec lui, peut dire qu'il n'est entouré que de flatteurs : peu de personnes s'attachent aux princes pour eux, très-souvent ils en espèrent des graces, et c'est pour cela que par leurs discours et dans leurs écrits, ils cherchent à flatter les goûts des princes. C'est ce qu'ils appellent maintenant être royalistes et attachés à la légitimité.

L'ami d'un prince ne lui laisse pas ignorer qu'il ne fait pas un geste qu'on ne l'examine, qu'il ne dit pas une parole qui ne passe de bouche en bouche, et que le peuple connaît son caractère par les rapports de tous ceux qui l'entourent.

Si quelques personnes lisent cet écrit, elles lui feront un crime de vouloir que les passions se modèrent ; elles croiront que le motif en a été dicté pour plaire au ministère ou à un ministre. Qu'elles se désabusent, l'auteur ne demande rien ni au ministère ni à un ministre, il n'en connaît pas un ; la place qu'il occupe, il ne la tient pas d'un ministre. La Charte et Sa Majesté l'en ont investi; mais il aime son Roi et sa Patrie, et il désire, avant que ses yeux se ferment, y voir régner le bonheur et la tranquillité.

NotA. La dénonciation virulente de M. Clausel de Coussergues, du 15 Février, contre un ministre du Roi, est la preuve évidente des projets de l'esprit désorganisateur, et que le but était de forcer le Roi à changer de ministre, puisque aussitot qu'il a quitté le ministère, M. Clausel de Coussergues, à retiré sa dénonciation, le 25 du même mois.

Cependant si elle était appuyée sur des faits, il devait la développer; la chambre l'aurait jugé.

Quelle leçon pour les Rois!

Imprimerie de Vigor RENAUDIERE, Marché-Neuf, n°. 48.